Kalle

Ben

Zehn Jahre alt.
Mutig, wissbegierig, gerecht.
Hasst Mathe.
Erkennungszeichen:
Fuchsschwanz am
Schlüsselbund.

Neun Jahre alt.
Trifft mit der Steinschleuder
jedes Ziel.
Ein bisschen ängstlich.
Erkennungszeichen:
Gürteltasche.

4 durch die Zeit
Band 3

DER AUTOR

THiLO ist zwischen 18 und 65 Jahre alt — sieht aber jünger aus. Nach zahlreichen Drehbüchern für *Sesamstraße, Bibi Blocksberg, Schloss Einstein* und *1, 2 oder 3* begann er schließlich richtige Bücher zu schreiben. Heute lebt THiLO mit seiner Frau und vier Kindern in Mainz — wenn er nicht gerade auf Lesereise ist. Mehr zu THiLO findet ihr unter www.thilos-gute-seite.de

DER ILLUSTRATOR

Jan Saße sagt: Ich hab schon sooo viel Spaß beim Bilder ausdenken und Zeichnen. Wenn es euch Spaß macht die Bilder anzuschauen, hab ich sogar soooooooooooooooo viel Spaß beim Zeichnen. Danke euch!
www.jansasse.de

Erfinder in Gefahr

Erzählt von THiLO

Mit Illustrationen von Jan Saße

KOSMOS

Umschlag- und Innenillustrationen: Jan Saße, Kittendorf OT
Clausdorf
Umschlaggestaltung: init.büro für gestaltung, Bielefeld

Unser gesamtes lieferbares Programm und viele
weitere Informationen zu unseren Büchern,
Spielen, Experimentierkästen, DVDs, Autoren und
Aktivitäten finden Sie unter **kosmos.de**

FSC
www.fsc.org

MIX
Papier aus verantwor-
tungsvollen Quellen
FSC® C014496

„Erfinder in Gefahr" ist der 3. Band der Reihe
„Vier durch die Zeit"

Gedruckt auf chlorfrei gebleichtem Papier

© 2012, Franckh-Kosmos Verlags-GmbH & Co.KG, Stuttgart
Alle Rechte vorbehalten
ISBN 978-3-440-13217-3
Redaktion: Dr. Iris Bierschenk
Grundlayout und Satz: DOPPELPUNKT, Stuttgart
Produktion: Verena Schmynec
Printed in Germany/Imprimé en Allemagne

Inhalt

Raumschiff

Ben stand auf der Wiese und starrte in den Himmel. Unter seinem Arm klemmte ein Fußball. Tarnung. Seine Eltern durften ja nicht wissen, dass regelmäßig ein Raumschiff kam, um ihn abzuholen. Er drehte sich. Hochkonzentriert. Denn alles war voll von dunklen Wolken. »Da!«, brüllte er plötzlich. Sein Herz raste vor Aufregung. War das nicht der Zeitgleiter? »Sie kommen!«

Sein bester Freund Kalle rannte zu ihm. Er war schon zehn und mutig wie zwölf Mann, fand Ben. Kalle hielt sich ein Fernglas vor die Augen. »Fehlalarm«, schnaufte er nach wenigen Sekunden. »Nur ein normales Flugzeug.«

Sauer trat er gegen einen Stein. Seit drei Tagen standen sie nun schon auf dieser Wiese herum. »Wie lange sollen wir denn noch warten?«, schimpfte er.

Die Jungs waren mit Raketa23 und Maddox12 verabredet. Mit den Kids aus der Zukunft. Nur: Die beiden tauchten noch immer nicht auf.

»Meinst du, Maddox und Raketa hatten einen Unfall?«, fragte Ben besorgt. Kalle zuckte mit den Schultern. »Keine Ahnung, was im Jahr 2159 so alles passieren kann.« Ihm war die Sache auch nicht geheuer. Nach der aufregenden Entdeckung vor drei Tagen war es doch so dringend gewesen, gleich wieder loszufliegen! Und jetzt kam keiner ...

Lustlos kickten sich die beiden Freunde ein paar Mal den Ball zu. Knacki Kolumbus, der schlimmste Verbrecher der Zukunft, hatte seine Verstecke an unterschiedlichen Orten in der Vergangenheit. Niemand wusste, in welcher Zeit er sich gerade befand. Bei den Piraten in der Karibik hatten sie Knacki dann endlich aufgespürt. Der Schurke war ihnen zwar im letzten Moment leider entkommen. Aber Kalle und Ben hatten belauscht, wie er einige Namen vor sich hinsagte. Die Namen von fünf genialen Erfindern: Daimler, Edison, Nobel, da Vinci und Gutenberg. Nur was dieser Verbrecher damit plante, blieb im Dunklen. Ben sah wieder in den Himmel. »Wo bleiben die denn bloß?«

Da schallte die Stimme von Bens Vater über die Fußballwiese. »Ben! Kalle! Schluss mit Fußball für heute!«

Notgedrungen flunkerte Ben. »Äh, Papa, ich gewinne gerade. Können wir nicht noch ein bisschen spielen?«

Sein Vater schüttelte den Kopf. »Nein, kommt mal rein. Ich will euch was zeigen!«

Volldampf

Neugierig gingen Ben und Kalle ins Haus. Auf dem Tisch in Bens Zimmer stand ein seltsames Gebilde. Nicht größer als eine Teekanne und ganz aus glänzendem Metall. »Überraschung!«, trompetete Bens Vater. »Na, das ist noch besser als Fußball, oder?«

»Was ist das denn?«, fragten Ben und Kalle wie aus einem Mund.

Bens Vater lachte sie an. »Das, meine Lieben, ist eine Dampfmaschine. Passt mal auf, wie die funktioniert.«

Er zündete einen kleinen Docht an. »Das Feuer erhitzt das Wasser in dem Kessel hier. Dem Dampf bleibt dann nur ein Weg nach draußen. Durch den Kolben. Der rattert hin und her. Diese Kraft versorgte die ersten Fabriken und Maschinen mit Energie. Bevor es Stromleitungen gab.«

Ben hielt den Kopf schief. Der Kolben stand still. Dafür qualmte die Maschine schon wie ein Fabrikschornstein. »Willst du nicht lieber die Gebrauchsanweisung lesen?« Unauffällig starrte er aus dem Fenster. Immer noch kein Raumschiff.

Sein Vater schüttelte den Kopf. »Warum? Ich hatte früher selbst eine Dampfmaschine. Ich weiß noch genau, wie die Dinger funktionieren. — Wir brauchen ein wenig mehr Hitze, das ist es.«

Er drehte die Flamme größer. »Wird das dann nicht zu heiß?«, fragte Ben mit ängstlicher Miene nach.

Sein Vater winkte ab. »Ach was. Wir geben

mal richtig Stoff!« Das Dampf-
maschinen-Fieber hatte ihn
nun völlig gepackt.

Kalle wippte ungeduldig
von einem Fuß auf den
anderen. Irgendwie
spürte er, dass der
Zeitgleiter unterwegs
war. »Ich muss dann
auch nach Hause«, schwindelte er.

»Warte noch zwei Minuten«, bat Bens
Vater. »Du wirst staunen!«

Wenigstens brodelte jetzt das Wasser im
Kessel. Der Dampf bewegte den Kolben.
Langsam schob er sich vor und zurück. Vor
und zurück. Er wurde immer schneller.

»Ist schon erstaunlich, was Dampf für
eine Kraft hat«, bemerkte Kalle. Sein Gesicht
war im Wasserdampf kaum noch zu sehen.

Bens Vater nickte. »Was ich noch spannender finde: Irgendjemand hat sich diese Maschine ausgedacht.« Er tippte sich an die Stirn. »Der Erfinder wollte wahrscheinlich Eier kochen und hat einen Topf auf den Herd gestellt. Als der Deckel zu klappern anfing, hat es in seinem Kopf *Klick!* gemacht und er malte die Dampfmaschine auf!«

Bens Vater haute mit der Faust auf den Tisch. »Millionen Menschen kochen Eier. Aber die Idee, diese Dampfkraft für eine Maschine zu nutzen, hatte bloß einer. Das nenne ich mal ein Genie!«

Ben und Kalle sahen sich an. Sie dachten beide das Gleiche: Irgendwas hat Knacki mit fünf dieser Genies vor. Nur was?

Als Ben die Dampfmaschine abwesend anstarrte, erschrak er plötzlich furchtbar. Der Kessel glühte ja!

»In Deckung!«, brüllte er, gerade noch rechtzeitig. Mit einem Riesenknall explodierte der Kessel. Die Einzelteile der Maschine flogen ihnen um die Ohren.

»Bieg mir 'ne Banane!«, staunte Kalle, als der Schreck vorbei war. »Echt eine mordsmäßige Kraft!«

»Alles in Ordnung?«, fragte Bens Vater kleinlaut.

»Jaja«, antwortete Ben schnell. Denn vor dem Fenster stand eine besondere Wolke. Genau so geformt, wie ein Zeitgleiter. Nun schwebte sie davon. In eine andere Richtung, als alle übrigen Wolken.

»Können wir noch mal raus?«, fragte Ben

»Jaja«, stammelte sein Vater schockiert. »Geht nur, Ich räume solange hier auf.«

Entdeckungswahrscheinlichkeit: 50 Prozent

So schnell sie konnten, rannten Ben und Kalle über die Fußballwiese. Zum Glück hatte Bens Vater ein schlechtes Gewissen wegen der Explosion.

»Hast du alles?«, fragte Kalle wie ein Zeitreiseprofi.

Im Laufen durchwühlte Ben seine Gürteltasche. Bindfäden, Nägel, ein Messer, alles da. Und für Notfälle: seine Steinschleuder. Damit hatte er sogar schon einen Dinosaurier vertrieben. Ben sah zum Haus zurück. »Bisher haben meine Eltern nie was gemerkt, wenn wir weg waren. Meinst du, das ist diesmal wieder genauso?«

Kalle nickte gelassen. »Kannst dich auf Raketa verlassen. Die bringt uns immer genau in die Minute zurück, aus der wir abgeflogen sind. Da kann keiner was merken. — Komm!«

Endlich hatten sie das Ende der Wiese erreicht. Hinter einer Baumreihe stand der Zeitgleiter. Die Köpfe von Raketa und Maddox waren durch die Meteoritenschutzscheibe zu erkennen. Sie trugen ihre Raumanzüge. Stahlbert stand bereits auf der Rampe. In menschenähnlicher Gestalt winkte er die Jungs zu sich.

»Entdeckungswahrscheinlichkeit: 50 Prozent!«, drängelte der Android. »Tarnfunktion deaktiviert. Sonst ist Auffinden der Rampe unmöglich.«

Kalle strahlte über das ganze Gesicht. Er liebte die Technik der Zukunft! Stahlbert war ein Swarm-Bot der achten Generation. Sein Körper bestand aus zwei Millionen Nanobots, winzigen intelligenten Robotern. Bei Gefahr oder zum Schutz der Passagiere setzten die sich in immer neue Formen zusammmen.

Kaum hatten Ben und Kalle die letzte Stufe

verlassen, hob sich die Rampe bereits. Stahlbert verschloss die Tür.

»Willkommen an Bord!«, schmetterte Maddox ihnen entgegen.

Raketa umarmte Ben. Kalle schlug sie ka-
meradschaftlich auf die Schultern. Ihre blauen
Locken flogen wie Schlangen um Kalles Kopf.
»Klasse, dass ihr die Umgebung so genau im
Auge habt«, lobte sie.

Maddox tippte auf die einäugige Brille, die
sein rechtes Auge bedeckte. Sie konnte drei-
millionenfach vergrößern. »Und das alles
ohne Mononuklear!«, lobte der Co-Pilot. »Wir
wollten euch über die Gegensprechanlage
rufen. Aber da war eine dritte Person in deinem Zimmer. Daher mussten wir den alten
Wolkentrick anwenden.«

Kalle setzte sich. »Warum habt ihr uns
eigentlich so lange warten lassen?«, fragte er

endlich. »Wir haben ziemlich blöd auf der Wiese rumgestanden. Drei Tage lang. Ihr hattet doch versprochen sofort zurückzukehren.« Kalle hatte ja sowieso den Verdacht, dass Maddox und Raketa ihnen etwas verschwiegen. Und warum begrüßten sie Ben immer so viel freundlicher als ihn?

Raketa wurde rot. Mit den Fingern strich sie über einen Bildschirm. Mit diesem Touchpad steuerte sie den Zeitgleiter. Die Energiewaben an der Unterseite der Flügel blitzten auf.

Endlich antwortete Maddox.

»Es gab einen kleinen Streit zwischen meiner Pilotin und der Weltpolizei. Sie haben uns nicht zugetraut, die Sache alleine zu regeln.

Aber Raketa hat sich am Ende durchgesetzt.«
Maddox warf sich in seinen Sessel. »Wir stehen nun unter besonderer Beobachtung.
Wenn wir die Sache hier vermasseln, sind wir das letzte Mal einen Zeitgleiter geflogen.«

Ben spürte einen Kloß im Bauch. Doch weder er noch Kalle ahnten, dass ihr gefährlichstes Abenteuer nur noch wenige Herzschläge entfernt war.

Geheimmission

Mit unvorstellbarer Geschwindigkeit verließ der Zeitgleiter die Erde. Im Weltraum meldete der Bordcomputer: »Raum-Zeit-Kontinuum durchbrochen. Landung im Jahr 1887 in exakt drei Minuten und 17 Sekunden.«

Raketa fuhr in ihrem Sessel herum. »Fünf Namen hat Knacki genannt: Daimler, Edison, Nobel, da Vinci und Gutenberg.«

Kalle nickte genervt. »Wissen wir doch, Ben und ich haben sie euch schließlich gesagt ...«

Maddox stand auf und legte die Hände auf seinen Gürtel. »Wir wissen jetzt, was Knacki mit den Erfindern vorhat. Und Knacki weiß nicht, dass wir es wissen. Das ist unser einziger Vorteil. Nur deshalb hat uns die Weltpolizei alleine fliegen lassen.«

Ben staunte. »Wie habt ihr das rausgekriegt? Knacki wird es euch doch kaum selbst verraten haben ...«

Ein Lächeln huschte über Maddox' Gesicht. »Doch, hat er. Erinnert ihr euch an die rosa Krake, die Stahlbert überwältigt hat? Knackis künstlichen Gehilfen? Diesmal war es Glück, dass der Schurke so verdammt viel Geld geklaut hat. Die Krake ist mit der allerbesten Technik ausgerüstet.« Maddox strahlte über das ganze Gesicht. »Und ich habe diesen Schatz gehoben.«

Kalle und Ben lachten. Sie konnten sich noch gut erinnern, wie Stahlbert das Biest fertiggemacht hatte. »Welchen Schatz?«, wollte Ben wissen.

»Im Auge des Kraken war eine Kamera

verborgen. So hat Knacki auch von unserem Zugriff erfahren und konnte noch rechtzeitig fliehen«, sprach Maddox weiter. »Mir ist es gelungen, den Speicher anzuzapfen und auch alte Aufnahmen der Kamera noch sichtbar zu machen.«

Er drückte auf einen Knopf seines iBELT. In diesen Gürtel waren die eigentümlichsten Funktionen eingebaut. Zum Beispiel konnte er ein unsichtbares Netz abschießen. Jetzt erschien eine kleine Linse. »5D-Präsentator an«, sagte Maddox. »Knackis Plan.« Augenblicklich erschien eine Hängematte mitten im Raumschiff. Sie hing zwischen zwei Palmen in der Karibik. Darin lag ein Mann mit pechschwarzen Haaren und langem schwarzen Bart. Eine einzelne weiße Strähne reichte ihm bis zur Brust. Knacki Kolumbus, der Schwerverbrecher. Er schlürfte Saft aus einer halbier-

ten Kokosnuss. Ben fröstelte. Ihm war, als
sähe dieser Typ genau ihn an.

»Ja, ich hab's!«, brüllte Knacki plötzlich. Er
warf seinen Drink in den Sand. »Jetzt weiß
ich, wie ich Präsident der Welt werden kann:
Ich entführe die besten Erfinder aller Zeiten!

Wenn sie gemeinsam für mich arbeiten, besiege ich jeden!«

Knacki schwang aus der Hängematte. Und *Schwupps!* löste sich in Luft auf. Der Film war zu Ende.

Raketa spielte nervös an ihren blauen Locken herum. »Unsere Geheimmission lautet ganz einfach: Die Erfinder in die Zukunft bringen. In den Park der Weltgeschichte. Bis die Gefahr vorbei ist.«

Ben nickte. Das war keine schlechte Idee. Für diesen Park kopierte Maddox bei ihren Flügen immer Tiere, Menschen, Pflanzen und Gebäude. Mit dem Minimator. Als Hologramme liefen sie dann durch den Park. »Wenn diesmal die echten Personen da sind, merkt das kein Mensch!«

Raketa nickte. »Eben. Erster auf der Liste ist Gottlieb Daimler, einer der Erfinder des Autos.

Er lebte in Cannstatt bei Stuttgart! — Fertig machen zur Landung!«

Plötzlich wurde Kalle flau im Magen. Nein, sogar richtig übel. Der Zeitgleiter befand sich im freien Fall! Für Tausende von Metern benötigte das Raumschiff nur Sekunden. Die Erde sauste in wahnsinniger Geschwindigkeit auf sie zu. Eben noch hatten sie den ganzen Planeten durch die Meteoritenschutzscheibe sehen können. Dann Kontinente. Jetzt erkannten sie bereits Städte, dann einzelne Gebäude. »Die Steuerung muss kaputt sein!«, brüllte Ben. »*Ahhhhhhh!*«

Materiewandler

Ungebremst raste der Zeitgleiter auf die Erde zu. Ben zitterte am ganzen Leib. Das war das Ende. Im letzten Augenblick jedoch tippte Raketa völlig cool auf ihren Bildschirm. Das Raumschiff drehte eine scharfe Kurve und landete. Grinsend drehte sich die Pilotin um. »Na, was sagt ihr? Wer ist die Beste?«

Ben machte ein Gesicht, als würde er beim Zahnarzt im Stuhl liegen.

Kalle hingegen jubelte. »Wow, besser als Bungee-Jumping! So eine coole Landung habt ihr ja noch nie hingelegt.« Aber etwas schummerig war ihm doch.

Noch etwas wacklig auf den Beinen folgten

sie Maddox und Raketa nach draußen. Der Zeitgleiter stand in einem kleinen Wald, umgeben von Buschwerk.

Als Stahlbert die Rampe verlassen hatte, drückte Maddox auf einen Knopf von seinem iBELT. Ein schmaler, blauer Laserstrahl zischte von dort zum Raumschiff. Zuerst wurde die Flugmaschine blasser, dann halb durchsichtig. Dann machte es *Plopp* wie ein Sektkorken — und der Zeitgleiter hatte sich in einen Baum verwandelt.

Kalle und Ben fielen vor Staunen fast die Augen aus dem Kopf.

Raketa aber schmunzelte. »Die Tarnfunktion

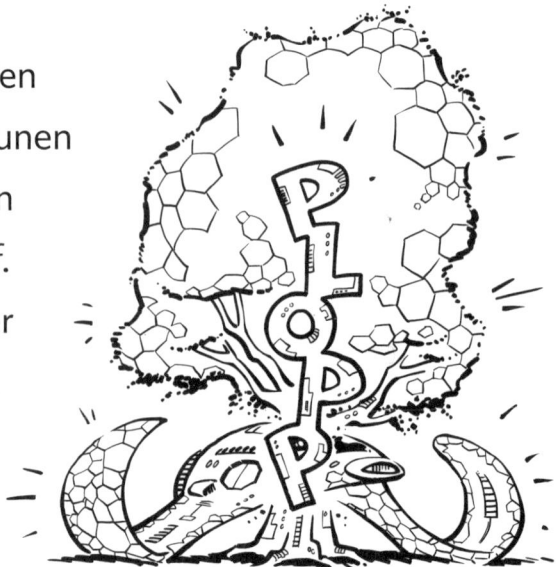

durch den Materiewandler ist doch ein alter Hut. Der wurde schon vor 20 Jahren erfunden, also 2139.«

Maddox stellte sich vor die drei anderen und drückte eine Taste. Von unten nach oben verwandelte sich die Kleidung. Einfache Stoffhosen und Hemden mit steifen Krägen. Raketa trug ein schlichtes Kleid mit dicken Stiefeln drunter. Ihre auffälligen blauen Zöpfe waren nun dunkelbraun. Mittlerweile kannten Ben und Kalle bereits das kribbelige Gefühl, das sich dabei überall breitmachte. Ben kicherte trotzdem wieder, aber Kalle blieb ernst. Er konnte die Gefahr förmlich riechen, in der sie sich befanden. Es war wahrscheinlich das Beste, nahe beim Swarm-Bot zu bleiben. Die Nanobots verwandelten Stahlberts Arm in ein Buschmesser. Mit wenigen Schlägen bahnte er den vieren einen Weg aus dem Dickicht.

Hinter den Büschen lagen schlammige Wege. Eine Pferdekutsche preschte vorüber. Mit einem Dackel an der Leine spazierte eine vornehme Frau vorbei.

»Stahlbert, flexe in die Gestalt eines Dackels«, befuhl Maddox hastig. Offenbar fiel ihm in der Schnelle nichts Besseres ein. Augenblicklich löste sich der Android in seine Einzelteile auf. Er schrumpfte, auf der glänzenden Oberfläche wuchs Fell. Blitzschnell setzten die Nanobots eine neue Gestalt zusammen. Stahlbert war von einem echten Dackel nicht mehr zu unterscheiden. »Hier sehe ich aber nicht viel«, beschwerte er sich in der Nähe von Bens Schuhsohle. Raketa beachtete ihn nicht, sondern

beobachtete die Umgebung genau. »Ich gebe jetzt die Koordinaten von Daimlers Werkstatt ein. Folgt mir!« In enormem Tempo lief sie den Weg entlang. Zwischendurch sah sie immer wieder auf ihr Armband.

Nach nur fünf Minuten kamen sie an ein flaches weißes Gebäude. Die eine Seite davon war ganz aus Glas.

»Sieht eher aus wie ein Gewächshaus«, spottete Kalle. »Suchen wir den Erfinder der Salatgurke?«

Ben gab ihm einen Knuff. In diesem Augenblick schoben vier Männer eine Kutsche aus der Werkstatt in den Glasanbau. Unter der Sitzfläche steckte eindeutig ein Motor.

»Das ist es«, bestätigte Raketa. »Das erste vierrädrige Auto der Welt. Daimler nennt es *Motorkutsche.*« Unruhig sah sie sich nach allen Richtungen um.

»Stahlbert, behalte die Umgebung im Auge«, schärfte sie dem Dackel ein. »Beim kleinsten Anzeichen von Knacki oder seinen rosafarbenen Gehilfen schlägst du Alarm.«

Der Dackel nickte und wackelte um das Gebäude herum. In diesem Moment trat ein bärtiger Mann aus der Werkstatt. Über seinem schwarzen Anzug trug er eine öl-verschmierte Schürze.

»Gottlieb Daimler«, flüsterte Maddox. »Wir kommen noch rechtzeitig.«

Nummer 1: Gottlieb Daimler

Der Mann mit dem Bart winkte zu ihnen herüber. »Hey, ihr? Was macht ihr auf unserem Gelände?«

Kalle und Ben machten sich bereit zum Weglaufen. Aber Raketa ging einfach auf Daimler zu. »Wenn wir bei ihm sind, können wir Daimler am ehesten beschützen«, flüsterte sie. Dann reichte sie dem Erfinder die Hand. »Hallo«, säuselte Raketa unschuldig. »Ist hier wirklich eine Kutsche mit Motor erfunden worden?«

Augenblicklich wurde das zornige Gesicht des Mannes freundlich. »Ja, das stimmt. Ist das etwa schon Stadtgespräch?«

Jetzt trauten sich auch Kalle, Ben und Maddox näher heran.

»Können wir sie einmal sehen?«, fragte Maddox. »Ich interessiere mich auch für Technik.«

Ben drängelte sich nach vorne. »Wir hatten sogar eine Dampfmaschine zu Hause. Die ist nur leider in die Luft geflogen.«

Der Erfinder lachte. »Das ist mir als Kind auch immer passiert!« Er schien einen Moment zu überlegen. Dann öffnete er die Tür hinter sich. »Da kann ich ja schlecht Nein sagen. Kommt, ich zeige euch die Werkstatt.«

Sie traten in die flache Halle. Sie war voll mit einfachen Motoren und Maschinenteilen. An mehreren Werkbänken standen Arbeiter. Sie schraubten und feilten Teile zurecht. Verschiedene technische Zeichnungen hingen an den Wänden. Ben erkannte Kolben wie bei seiner Dampfmaschine.

Daimler stolzierte wie ein Pfau durch seine Werkstatt. »Die erste große Erfindung, die wir hier gemacht haben, war der Standuhr-Motor. Weltbewegend, bahnbrechend!«

Er klopfte mit dem Stock gegen den Motor. Ben lachte. Der sah tatsächlich einer Stand-uhr sehr ähnlich.

»Den haben wir dann in ein Zweirad einge-baut«, erklärte der Erfinder. »Hier!«

In der Ecke der Werkstatt stand ein Fahrrad aus Holz mit Metallrä-dern. Unter dem Ledersattel erkannte Ben den Standuhr-Motor.

»Das erste Mo-torrad«, flüsterte Raketa ihnen zu. Sie sah sich

hektisch um. Zum Glück war weit und breit kein Knacki zu sehen.

Daimler führte seine Gäste in den Glasanbau. Hinten in der Ecke stand ein Schiff. »Unsere nächste Erfindung, das Motorschiff. Das war im letzten Jahr. Und nun ganz neu, die Motorkutsche!«

Stolz zwirbelte sich der Erfinder den Schnurrbart. »Lastkraftwagen werden wir noch bauen, Straßenbahnen ohne Pferde, Luftschiffe — alle mit den Motoren, die Herr Daimler und ich entwickelt haben!«

Ben und Kalle nickten begeistert. Raketa aber wurde bleich. »Sind Sie denn nicht Gottlieb Daimler?«, platzte sie heraus.

Der Mann schüttelte den Kopf. »Ich? Nein, ich bin Wilhelm Maybach, sein Assistent.« Er sah auf die Uhr. »Gottlieb sitzt anscheinend noch in seinem Büro.«

»Wo ist das Büro?«, fragte Raketa scharf. Maybach war so überrumpelt, dass er ihr den Weg zeigte. »Der kleine Raum dahinten.«

Raketa stürzte aus dem Anbau und rannte quer durch die Werkstatt. Als sie die Tür aufriss, schlugen unbändige Hitze und schwarzer Rauch heraus.

»Wasser, schnell!«, rief Maybach. Doch sie kamen zu spät. Aufzeichnungen, Akten und Versuchsbeschreibungen wurden langsam durch das sich ausbreitende Feuer vernichtet. Und der Stuhl von Daimler war umgestürzt — und leer.

Herrscher der Welt

In nur wenigen Minuten brannte die gesamte Werkstatt von Gottlieb Daimler lichterloh. Maybach versuchte noch, wenigstens den Prototyp der Motorkutsche zu retten. Nur mit Gewalt konnten ihn zwei seiner Arbeiter aus den Flammen zerren. Alles war zerstört.

»Das war die Arbeit von Jahrzehnten!«, stöhnte Wilhelm Maybach. Fassungslos blickte er auf das brennende Gebäude. »Wenn Gottlieb nur nichts zugestoßen ist. Er war mehr als mein Chef, er war mein Freund. Außerdem kann ich ohne ihn keine neue Motorkutsche bauen. Das wäre das Ende!«

Ben und Kalle sahen sich betroffen an.
Raketa hatte Stahlbert auf dem Arm.
Die Pilotin tat so, als würde sie den
Dackel liebevoll streicheln. »Wo
warst du, verdammt?«

Stahlbert winselte. »Die Da-
ckeldame von vorhin ist mit
ihrem Frauchen zurückge-
kommen. Die wollte
mich nicht in Ruhe
lassen ...«

In der Ferne läutete
eine Glocke, die schnell
näher kam. »Lasst uns
abhauen«, zischte
Maddox.
»Das ist die
Kutsche der
Feuerwehr.

Wenn die uns als Zeugen nach unseren Adressen fragen, haben wir ein Problem!«

Ben nickte ängstlich. »Los, weg hier.«

Plötzlich fuhr Maybach herum und starrte Kalle, Ben, Maddox und Raketa grimmig an. »Abhauen wollt ihr? Dann steckt ihr also hinter der Sache. Wo ist Herr Daimler? Wie habt ihr das Feuer gelegt?«

Kalle riss die Augen auf. »Wir? Wir haben damit nichts zu tun! Ehrlich!«

Fünf Arbeiter krempelten sich die Ärmel hoch. »Ihr taucht hier auf und das Gebäude brennt — das soll Zufall gewesen sein? Das könnt ihr eurer Oma erzählen! Jetzt gibt's Prügel!«, rief einer.

Blitzschnell setzte Raketa den Dackel auf den Boden. »Stahlbert, flexe in deine wahre Gestalt.«

Die Pilotin zielte mit ihrem Armreif auf die

Gruppe. Ben hielt den Atem an. In dem Reif waren viele Waffen versteckt. Mit dem Freezer konnte Raketa Lebewesen regelrecht einfrieren. So wie jetzt. Eine Kugel schoss heraus und traf einen der Arbeiter. Unbeweglich blieb er stehen.

Maddox schickte ein unsichtbares Netz aus seinem iBELT. Maybach und ein weiterer Arbeiter verhaspelten sich darin und fielen der Länge nach hin.

Die anderen ließen bei Stahlberts Anblick die Fäuste sinken. Der Swarm-Bot griff nach einem glühenden Balken und schwang ihn über seinem Kopf.

»Nichts wie weg!«, brüllte Kalle. Er packte Ben am Ärmel und alle vier rannten los. Atemlos erreichten sie den Zeitgleiter.

Raketa sprang gleich auf ihren Sessel und drückte einen Knopf. »Hier Pilotin Raketa23,

Leiterin der Mission *Fünf Genies*. Weltpolizei, bitte kommen.«

Es knackste, dann hallte es aus dem Lautsprecher. »Hier Kommandozentrale der Weltpolizei, wir hören, Pilotin?«

Raketa holte tief Luft. »Genie Nummer 1 ist entführt worden, alle Baupläne von Motoren und Maschinen sind vernichtet.«

Gespenstisch hallte die Stille aus dem Lautsprecher. Sekundenlang kam keine Antwort. Dann seufzte der andere Funker, fast dreihundert Jahre entfernt. Und doch hörte es sich so nah an, als stünde er neben den Gefährten. »Augenblicklich zu Genie Nummer 2 aufbrechen. Thomas Alva Edison. Ziel Menlo Park, USA. Ich wiederhole. Augenblicklich. Das ist ein Befehl. Over and out!«

Nur Sekunden später rannte der Android mit wahnwitziger Geschwindigkeit die Rampe hoch. Während sie das Raumschiff start-klar machte, schlug Raketa immer wieder mit der Faust auf die Anzeigen vor sich. »Wir müssen uns mehr konzentrieren. Sonst hat Knacki bald die klügsten Köpfe der Weltge-schichte in seiner Gewalt. Daimler, da Vinci und die anderen werden für ihn arbeiten müs-sen. Mit deren Hilfe ist Knacki dann schnell der Herrscher der Welt.«

Vorsicht!

Die Landung im Jahr 1878 verlief ohne Zwischenfälle. »Thomas Alva Edison ist bis heute einer der bedeutendsten Erfinder der Welt«, fasste Maddox zusammen, während er den Zeitgleiter als Felsen tarnte. »Und mit *heute* meine ich das Jahr 2159. 1093 Patente hat er angemeldet. Die meisten im Bereich Elektrizität und Telegrafen. Er hat Filmkameras weiterentwickelt und eine Methode erfunden, wie man Geräusche aufnehmen kann. Ohne ihn könntet ihr keine Musik hören und nicht ins Kino gehen. Und wir könnten nicht mit den Kolonien auf dem Mars in Kontakt bleiben. Kein Zweifel, ein Genie.«

Ben stutzte. »Woher wisst ihr eigentlich so genau über alles Bescheid? Wenn ihr in eurem Alter schon für den Weltpräsidenten arbeitet, wann wart ihr in der Schule?«

»Nie«, gab Raketa zu. »Im Jahr 2100 wurde das Hypnose-Lernen erfunden. Ab der Geburt wird jeder Mensch nachts hypnotisiert. Wenn er aufwacht, weiß er so viel, wie bei euch nach einer ganzen Woche in der Schule.«

Kalle schüttelte ungläubig den Kopf.

»Wie krass ist das denn! In der Zukunft gibt es keine Schulen mehr?«

Raketa und Maddox lachten. »Reine Zeitverschwendung. Wir wissen auch so alles«, protzte Maddox. Dann wurde er wieder ernst. »Los jetzt, wir müssen Knacki zuvorkommen. Und nebenbei noch Gottlieb Daimler aus seinen Händen befreien. Das ist eine Aufgabe für Profis.«

Ben kratzte sich am Kinn. »Wie sollen wir Edison denn verstehen?«, fragte er nach. »Kalle und ich hatten bisher nur ein bisschen Englisch in der Schule. Hast du wieder diese Dinger für uns?«

Maddox schnipste mit dem Finger. »Superflux! Danke für den Hinweis!« Er fingerte zwei erbsengroße Metallstücke hervor, die wie Magneten an seinem iBELT geklebt hatten. »Hier, die Linguaflexer. Wie in der Karibik. Damit versteht ihr jeden und jeder versteht euch, egal ob Schwede, Chinese oder Amerikaner. Einfach ins Ohr drücken, das kennt ihr ja schon.«

Ben und Kalle steckten sich den Linguaflexer in die Ohren. Die drückten etwas, waren aber wirklich geniale Erfindungen.

Raketa gab die Koordinaten der Werkstatt in ihr Armband ein. »Da lang!« Stahlbert folgte ihr auf dem Fuß. Der Schutzroboter wollte offenbar den Schaden wiedergutmachen, den er bei Daimler verursacht hatte. »Du brauchst eine Gestalt, in der du nicht auffällst. Flexe in einen Storch. Dann kannst du das Gelände von oben im Auge haben — und musst keine Dackeldamen abwimmeln«, spottete der Co-Pilot.

»Und wenn Ben was passiert, wirst du abgeschaltet«, zischte Raketa dem Android zu. Kalle hörte es nur durch Zufall. Aber es versetzte ihm einen Stich. Wieder ging es nur um Ben ...

Kalle und Ben kamen kaum hinterher, so schnell rannten Maddox und Raketa die breiten Gassen der amerikanischen Kleinstadt entlang. »Die müssen ein hartes Training mitgemacht haben bevor sie Piloten wurden«, schnaufte Ben. Völlig außer Atem bogen Ben und Kalle in eine Straße ein. Sie sahen gerade noch, wie die beiden Piloten in einem weißen Holzhaus mit zwei Stockwerken verschwanden. Von außen wirkte es wie ein normales Wohnhaus. Stahlbert landete auf dem Dach.

»Besuchen wir Edison in seinem Wohnzimmer?«, grummelte Kalle. Er verkraftete es nur schwer, dass er hier offensichtlich nur die zweite Geige spielte.

»Mir egal, Hauptsache, Edison ist noch da«, sagte Ben und klopfte an die schwarze Tür. Als niemand antwortete, drückte er die Klinke langsam herunter. »Bei Knacki kann man nicht vorsichtig genug sein«, flüsterte er. Sein Herz klopfte vor Aufregung doppelt so schnell. »Vielleicht hat er Maddox und Raketa schon überwältigt und wartet nun auf uns?«

Nummer 2:
Thomas Alva Edison

Kalle und Ben linsten durch den Türspalt.
Doch die Vorsicht war unnötig. Maddox und
Raketa redeten mit einem Mann im weißen
Kittel. Er war ordentlich rasiert und trug sein
Haar mit Seitenscheitel.

»Das sind unsere Freunde, Ben und Kalle«,
stellte Raketa vor. »Sie schreiben auch für
unsere Schülerzeitung.« Sie zwinkerte den
beiden Jungs zu.

Ben war enttäuscht. »Wie ein Erfinder sieht
Edison nicht gerade aus«, flüsterte er. »Ich
hab mir so ein Genie mit abstehenden Haaren
und ein bisschen durchgeknallt vorgestellt.«

Kalle grinste nur. Der Raum jedoch erinnerte schon eher an das Labor eines verrückten Professors. Es war mehr eine Apotheke als eine Werkstatt. Wo Daimler Maschinenteile gestapelt hatte, waren hier Regale an den Wänden. Alle gefüllt mit Glasbehältern voller Flüssigkeiten. »Quecksilber, Brom, Jod«, las Ben. Dazu kamen alle möglichen Pulver — Kohlenstaub, Bor, Kochsalz.

Auf den Tischen lagen Kupferdrähte und Glocken aus Glas. Mindestens zehn Männer in weißen Kitteln beugten sich über Mikroskope, löteten an Metallteilen herum oder kritzelten hastig Zahlen auf Blöcke. Über den Tischen flackerte Gaslicht.

Edison sprach offensichtlich sehr gerne über seine Arbeit. Über den unerwarteten Besuch schien er sich zu freuen und hielt einen richtigen kleinen Vortrag.

»Ich bin ein guter Schwamm«, erklärte der Erfinder stolz. »Ich sauge Ideen auf und mache sie nutzbar. Die meisten meiner Ideen gehörten ursprünglich Leuten, die sich nicht die Mühe gemacht haben, sie weiterzu-entwickeln.«

Ben grübelte. »Sind Sie überhaupt Edison oder nur sein Assis-tent?«

Edison lachte. »Ich bin Thomas Alva Edison höchst-persönlich«, antwortete er vergnügt. »Noch kennen mein Gesicht in der Tat nur wenige. Aber wenn ich erst mal die Glühbirne fertig entwickelt

habe, dann werde ich so bekannt sein wie ein bunter Hund.«

Kalle stutzte. »Wie, fertig entwickelt? Ich dachte, Sie erfinden was und dann wird es benutzt?«

Edison schüttelte den Kopf. Er ging zu einem der Tische, an dem ein Angestellter arbeitete. »Nein. Ich weiß, welches Problem ich beseitigen möchte. Dann suche ich nach der Lösung. Bis ich sie finde.« Der Erfinder hob einen Glaskolben unter die Gaslaterne. »Ich will das Gaslicht durch Elektrizität ersetzen. Das ist billiger, sauberer und ungefährlicher. Ich kenne bereits 8000 Methoden, wie sich die Glühbirne nicht erfinden lässt. Also mache ich weiter, auch wenn ich noch mal 8000 Versuche benötige.«

Er sah wieder seine Besucher an. »Ich habe nämlich eine Vision. Eines Tages werden ganze Städte mit meinen Glühbirnen beleuchtet sein. Elektrizität in jedem Haus. Mit New York fangen wir an!«

Seine Mitarbeiter grinsten. »Jawohl, Mister Edison!«, antworteten sie wie aus einem Munde. Ihr Chef schien diese Rede nicht zum ersten Mal zu halten.

»Jetzt verstehe ich, warum Knacki es auf diesen Mann abgesehen hat«, flüsterte Ben Kalle zu. »Edison gibt nie auf. Der findet auch noch raus, wie man aus Pferdeäpfeln Goldklumpen machen kann.«

Kalle nickte. »Ich frage mich nur, wie Maddox und Raketa ihn überreden wollen, mitzukommen. Freiwillig geht der hier nie weg.«

Edison klatschte in die Hände. »Meine neueste Erfindung müsst ihr sehen, Kinder. Wartet einen Moment hier, ich gehe sie nur rasch holen.«

Krake in Rosa

Es dauerte eine halbe Minute, ehe alle begriffen, dass sie dabei waren, einen Riesenfehler zu machen. Eine halbe Minute zu lang. Kaum war Edison über die Treppe im Obergeschoss verschwunden, begann Kalle zu schreien: »Mister Edison, warten Sie!« Raketa wurde vor Schreck knallrot. »Kommen Sie zurück!«, brüllte dann auch die Pilotin.

Sie drückte auf ihr Armband, um Edison einzufrieren. Aber der Erfinder war schon längst aus dem Wirkungsbereich der Strahlen entkommen.

Dann wurden ihre schlimmsten Befürchtungen wahr. Vom Dach aus hörten sie Stahlberts Warnung. »Pilotin, sie kommen!« Im Obergeschoss splitterte Glas. Der scharfe Geruch einer ätzenden Chemikalie breitete sich aus.

Kalle erreichte die Stufen als Erster und stürmte hinauf. »Mister Edison ...!«, setzte er an. Doch auf halber Strecke stoppte er. Der Schock fuhr ihm durch alle Glieder. Ein künstlicher rosafarbener Krake hatte Edison mit zwei Armen umschlungen. Ihm war Kalle schon in der Karibik begegnet. Es war ein tierähnlicher Roboter! Ein Animaloide. Ein Diener von Knacki Kolumbus.

Kalle wollte zurückweichen, da starrte ihn das Biest an. Edison baumelte jetzt bewusstlos über der Schulter des Kraken. Auf vier Gliedmaßen trabte der Animaloid auf die Treppe zu. Und auf Kalle.

»Deckung!«, rief Ben hinter ihm. Dann

schnellte eine Murmel über ihn hinweg. Ben
schoss mit seiner Steinschleuder. *Zack!*,
hatte der rosafarbene Roboterkrake ein Glas-
auge weniger. Erstaunt glotzte er auf die
Scherben einer kleinen Kamera am Boden.

»Auf ihn!« Jetzt kam auch Maddox die Treppe hoch. Der Animaloide drehte den Kopf um 180 Grad und sprintete den Gang entlang. Maddox und Kalle dicht auf seinen Fersen. Ben traf den Rosanen mit einer weiteren Kugel am Hinterkopf.

»Superflux!«, jubelte Maddox. »Den kriegen wir!«

Fast hatten sie ihn erreicht, da bog der Roboter in ein Zimmer ab, an dessen Tür *Archiv* stand. Die Kids folgten ihm. Der ganze Raum war voll von Aktenschränken. Dazwischen stand der Animaloide mit dem Rücken zur Wand.

»Setze Mister Edison auf den Stuhl da«, herrschte Maddox ihn an. »Sofort!« Er legte beide Hände an seinen iBELT. »Oder ich schalte dich für alle Zeit ab.« Ein roter Knopf ploppte aus dem Gürtel.

Der Roboter sah Maddox böse aus dem heilen Auge an. Mit einer Tentakel riss er ein Streichholz an. Jetzt erst sah Ben die Pfützen auf dem Boden. Das war die ätzende Flüssigkeit, deren Dämpfe ihm schon die ganze Zeit den Atem nahm. Sicherlich war sie höchst brennbar.

»Wenn du mich erwischst, fällt das hier runter!«, antwortete der Roboter gelassen. Ohne Edison loszulassen, saugten sich die freien fünf Tentakel an der Wand fest. Mit blecherner Stimme lachte er so unheimlich auf, dass Kalle und Ben sofort eine Gänsehaut bekamen.

Im nächsten Augenblick knackte es. Das ganze Haus wackelte. Mit riesigem Lärm brach eine komplette Wand des Raumes ab. Der Roboter mit seinen Saugnäpfen wie daran festgenagelt. Doch statt in den Garten zu fallen, schwebte die Wand einen Moment lang in der Luft. Dann entfernte sie sich langsam.

Kalle stürzte zu dem Loch. Die ganze Rückwand des Archivs hing an einem Seil. Und das Seil hing an einem Zeitgleiter, der sich rasch entfernte. Am Steuer saß ein zweiter Krake.

»Hahaha!«, schallte das Gelächter zu ihnen herüber. Der Pilot wendete. »Adiós!«, schmetterte er zum Haus zurück. Nur einen Herzschlag später schoss ein Feuerstrahl zu ihnen hinüber. Sie benutzten Flammenwerfer!

»Runter!«, rief Maddox. Unnötig, denn Ben und Kalle hatten sich bereits auf den Boden geworfen. Die Schränke brannten sofort. Bens Herz raste. »Wir müssen hier raus!«

Rückwärts robbte er auf die Tür zu. Links und rechts von ihnen fielen schwarze Flocken aus den Regalen. Die Überreste von Edisons Patenten und Erfindungen.

Als die drei Jungen in den Flur traten, bekamen sie einen Schock. Auch die gesamte Treppe brannte. »Fluchtweg abgeschnitten«, fluchte Kalle.

Ben biss sich auf die Lippe. »Wir sind eingeschlossen.«

Maddox sah sich erschrocken in dem flammenden Inferno um. »Megaflop. Ben, Kalle, wo ist Raketa?«

Rettung

Mit den Rücken zueinander standen die drei Jungen im brennenden Flur. Die Hitze war kaum noch zu ertragen. »Hast du keinen Feuerwehrschlauch an deinem iBELT?«, fragte Kalle halb spöttisch, halb ernst.

Maddox schüttelte den Kopf. »Negativ!«

Da zersplitterte die Wand neben ihnen. Stahlbert, jetzt wieder in seiner normalen Gestalt, wühlte sich durch die Flammen. Es war ein gruseliger Anblick. Als ein brennender Dachbalken herabfiel, fing ihn der Android mit einer Hand auf.

»Zurück ins Archiv«, kommandierte Stahlbert ungewöhnlich streng.

»Unmöglich!«, hustete Kalle. »Da drin brennt es lichterloh!«

»Hier werdet ihr auch gleich gegrillt«, widersprach Stahlbert. »Einzige Fluchtmöglichkeit für Menschen: Durch das Loch in der Außenwand.«

Mit einem beherzten Tritt räumte der Android eine brennende Tür aus dem Weg. Langsam ging er vorwärts. Wie ein lebender Schutzschild.

Ben hielt sich ganz dicht hinter ihm. Dieses Abenteuer war für sein Gefühl ein bisschen zu gefährlich!

Am Ende des Raumes drehte sich Stahlbert plötzlich um, packte Kalle und warf ihn durch das Loch. Kalle biss die Zähne zusammen, um den Schmerz der Landung auszuhalten. Aber sein Sturz war schnell zu Ende.

Ben und Maddox landeten neben ihm.

Verwirrt sahen sie sich an. Sie waren höchstens dreißig Zentimeter tief gefallen. Alle drei lagen nun auf dem Dach des Zeitgleiters. Stahlbert stand neben ihnen.

Raketa starrte durch die Meteoritenschutzscheibe zu ihnen nach oben. Maddox hob leicht zitternd den rechten Daumen. »Alles ... Superflux!«

Unten auf der Erde war der Brand scheinbar völlig vergessen. Alle

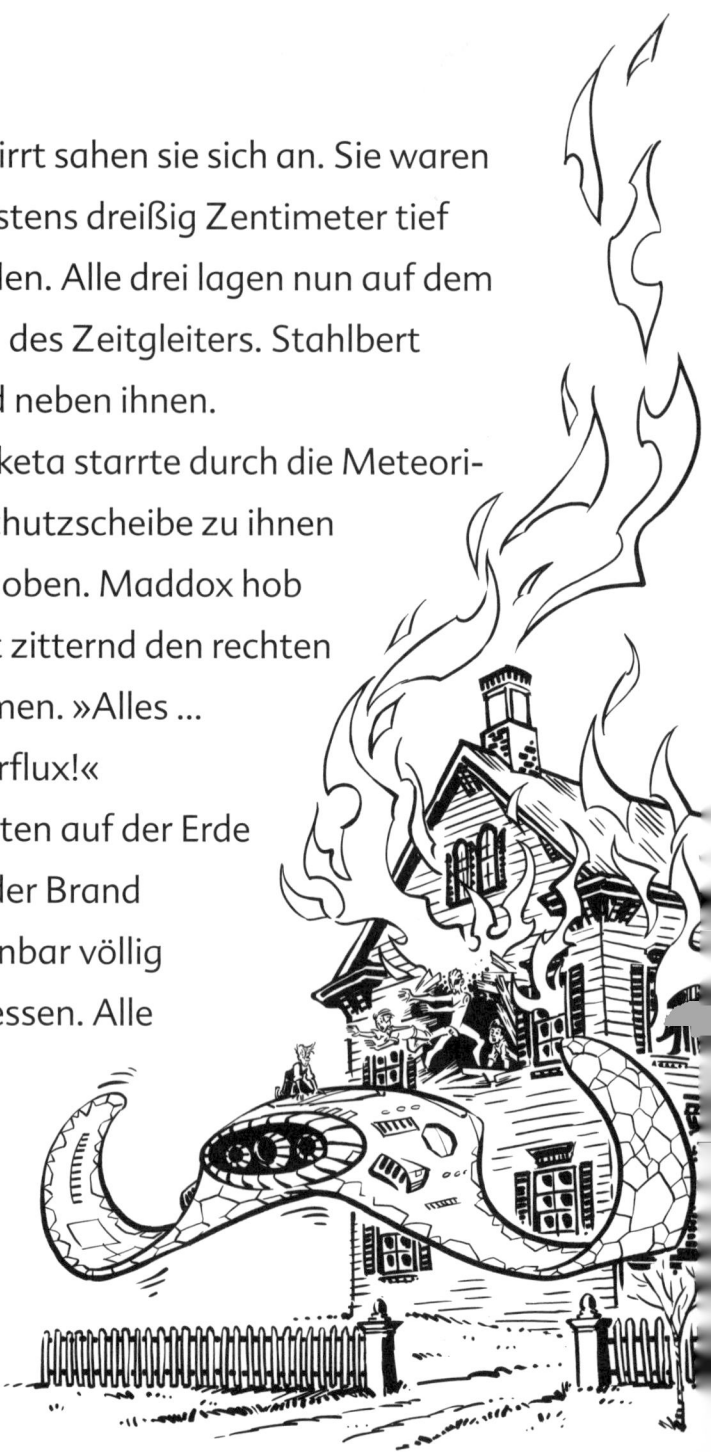

Angestellten von Edison starrten mit offenen Mündern zu dem Raumschiff.

»Wenn wir uns weiterhin so blöd anstellen, können wir gleich nach Hause fliegen, Co-Pilot«, motzte Raketa, als alle wieder im Raumschiff saßen. »Und mehr als 30 Leute haben uns gesehen, das ist nicht gut.«

Maddox stellte sich an die Scheibe und drückte auf seinen iBELT. Ein pinkfarbenes Lichtfeld breitete sich von dort auf den ganzen Platz vor dem Labor aus. Nach und nach drehten sich die Menschen wieder dem Gebäude zu. »Erinnerung gelöscht«, meldete der Gürtel.

»Problem beseitigt«, sagte Maddox knapp. »Was schlägt die Kommandozentrale vor?«

Raketa wischte über ihr Touchpad. »Ich habe den Kontakt abgebrochen. Wenn die Weltpolizei von der zweiten Entführung erfährt, sind wir unseren Job los. Für immer.«

Ben schluckte. »Heißt das, wir sind nun ganz auf uns alleine gestellt?«

Raketa nickte. »Positiv. An uns vieren hängt nun das Schicksal der Welt.« Sie räusperte sich. »Nächstes Ziel Stockholm, Hauptstadt von Schweden, Jahr 1865. Genie Nummer drei, Alfred Nobel.«

Sofort zischte der Zeitgleiter los.

Kurz darauf landeten sie an einem See. »Neue Strategie: Wir erzählen Nobel von der Gefahr, in der er schwebt. Wenn er uns nicht glaubt, nehmen wir ihn einfach mit«, erklärte Raketa knapp. »Schnell, unsere Kleider können so bleiben.« Sie sah auf ihr Armband und überprüfte die Koordinaten. »Da lang.« Ben rannte los. »Einfach mitnehmen? Ohne ihn um Erlaubnis zu fragen?«

Maddox nickte. »Es ist doch zu seiner eigenen Sicherheit.«

Raketa legte ihren Finger auf die Lippen und zeigte auf eine Gruppe Backsteinhäuser an einem See. Eine Fabrik, aber kein einziger Mensch war zu sehen. Und kein Geräusch zu hören.

»Bist du sicher, dass Knacki noch nicht hier war?«, fragte Ben leise.

In diesem Moment flog das Gebäude vor ihnen in die Luft.

Nummer 3:
Alfred Nobel

»Verdammt, verdammt«, fauchte Raketa.
»Gib mir Deckung, Co-Pilot. Los, Stahlbert,
du voran.« Der Roboter stieg aus dem Ge-
büsch und stapfte in hohem Tempo auf die
Reste des Hauses zu. Raketa lief in gebückter
Haltung hinter ihm. Maddox folgte den beiden langsam, die Finger am iBELT zuckten
nervös.

Ben und Kalle waren noch von der Explosion geschockt. Doch dann zog auch Ben seine
Zwille hervor. »Knacki lauert hier irgendwo.
Oder seine rosafarbenen Gehilfen. Aber die
sollen nur kommen!« Die Steinschleuder in

seiner Hand gab ihm jede Menge Mut. Hoffentlich verließ der ihn nicht, wenn dieser Schurke tatsächlich auftauchen sollte.

Kalle brach sich einen Knüppel vom Baum ab. Eine mickrige Waffe gegen hochmoderne Kraken aus Metall, aber besser als nichts.

Die drei Jungen kletterten über verbeulte Fensterrahmen und abgebrochene Dachbalken, die überall herumlagen. Dabei achteten sie auf jede Regung hinter den Büschen oder Bäumen. »Nichts Rosafarbenes zu sehen«, meldete Ben.

Als sie nur noch zwanzig Meter von dem Schuttberg entfernt waren, trat ein Mann aus den Trümmern. Knapp 35 Jahre alt. Er hatte einen leicht angekohlten Bart und ein verrußtes Gesicht.

»Nein, so geht's nicht!«, schimpfte er lautstark vor sich hin. Alle vier rannten zu ihm.

Nur Stahlbert versteckte sich hinter einem Baum und schob Wache.

»Sind Sie Alfred Nobel?«, fragte die Pilotin. Sie sah hektisch hin und her.

»Was ...?«, stammelte der Mann verwirrt. »Äh, ja, der bin ich.«

»Hat man gerade versucht Sie zu entführen?«, wollte Kalle wissen.

Alfred Nobel lachte. »Mich? Nein, wie kommt ihr darauf? Das würde keiner wagen. Bei mir im Laboratorium ist es viel zu gefährlich. Ich experimentiere mit Nitroglyzerin. Hochexplosiv, wie ihr gerade bemerkt haben dürftet.« Er strich sich mit der Hand die Haare aus der Stirn. »Sprengstoff wird dringend benö-

tigt, aber Nitroglyzerin lässt sich so schlecht lagern. Daran arbeite ich.«

Er blickte über die rauchenden Trümmer.

»Dann haben Sie die Explosion eben selbst ausgelöst, kein rosafarbener Krake?«, hakte Ben nach.

Nobel sah ihn so verwirrt an, als wäre *Ben* ein Krake. »Nein, kein Krake diesmal.« Er versuchte ein Lachen. »Alle paar Wochen fliegt mir meine Mischung um die Ohren. Zum Glück ist heute Sonntag und niemand hier, außer mir.« Nobel sah zu Boden. »Letztes Jahr sind vier Angestellte und mein Bruder bei einer Explosion umgekommen. Aber ich kann einfach nicht aufhören damit. Es ist wie ein Zwang. Ich weiß, dass ich es eines Tages schaffen werde.«

Alfred Nobel bückte sich und warf einen verkohlten Stuhl zur Seite. »Wenigstens einen

Namen habe ich schon für meinen neuen Sprengstoff: Dynamit!«

Er ging zu dem Fabrikgebäude und schloss die Tür auf.

»Und was jetzt?«, fragte Maddox.

»Na, was wohl?«, antwortete Nobel spitz. »Ich arbeite weiter. Das Dynamit muss endlich erfunden werden. Nitroglyzerin ist einfach kein sicherer Sprengstoff.«

»Das kann warten!«, rief ihm Maddox nach. »Sie müssen mit uns kommen!«

Nobel winkte ab. »Jaja, pinkfarbene Seepferdchen oder so was wollen mich entführen. Das Einzige was ich muss, ist weiterforschen. Sonst nichts.«

Er wollte in die Halle verschwinden, aber er kam nicht weit. Eine Kugel aus Raketas Armband traf ihn. Stocksteif blieb der Erfinder stehen. Alfred Nobel war eingefroren.

Stahlberts Einsatz

Mühelos trug Stahlbert den steifen Nobel in die Halle. Eine typische Fabrik. Links und rechts vom Gang standen unterschiedliche Maschinen. Und Fässer mit verschiedenen Flüssigkeiten. Es roch wie in einem Krankenhaus.

»Hier wird das Nitroglyzerin gemischt«, erklärte Maddox. »Nobel verkauft es bereits in alle Welt. Mit der von ihm erfundenen Initialzündung wird es im Bergbau benutzt. Wenn es nicht vorher in die Luft fliegt. Deshalb arbeitet er jetzt an der Lagerung. Wird ihm im Jahr 1866 gelingen.«

Stahlbert wollte seine Last auf eine Holz-kiste legen, aber ein Schrei von Kalle stoppte ihn. »Da steht *HOCHEXPLOSIV* drauf. Setzte ihn lieber auf den Schaukelstuhl da.«

Vorsichtig öffnete Maddox die Kiste. Sie war ganz mit Stroh ausgestopft. Kalle und Ben wischten es mit zitternden Händen zur Seite. Zum Vorschein kamen zwei Ballonfla-schen mit einer farblosen Flüssigkeit.

Raketa schloss den Deckel. »Wollt ihr uns alle umbringen? Wenn aus zehn Zentimetern Höhe auch nur ein Hammer drauffällt, wird das Zeug blitzschnell zu Gas. Der Luftdruck

würde es dann zur Explosion bringen und diese Fabrik wäre weggeputzt. Also, haltet Abstand.« Sie sah zu dem eingefrorenen Erfinder. »Von seinem Geld wird ab 1901 jedes Jahr der Nobel-Preis verliehen. — Wenn wir ihn vor Knacki beschützen.«

Maddox kratzte sich am Kinn. »Bringen wir ihn also schnell zum Zeitgleiter.«

Raketa schüttelte den Kopf. »Nein, noch nicht. Erst kopieren wir alle seine Unterlagen und Aufzeichnungen. Falls uns Alfred Nobel abhanden kommt, bleiben uns wenigstens seine bisher gemachten Erfindungen.«

Sie durchsuchten die Fabrikhalle von oben bis unten, fanden aber nicht ein einziges Fitzelchen Papier.

»Vielleicht in einem anderen Gebäude«, schlug Kalle vor. »Irgendwo muss Nobel ja ein Büro haben.«

Raketa nickte. »Stahlbert, kannst du es mit zwei pinkfarbenen Kraken aufnehmen?«

Stahlbert piepste. »Kein Problem, Pilotin. Stahlbert kann Karate.«

Ben hielt Raketa am Ärmel fest. »Soll ich lieber bei ihm bleiben?« Ihm war wohler bei dem Gedanken, den Schutzroboter in seiner Nähe zu haben.

Die Pilotin schüttelte den Kopf. »Nein, wenn wir dich an Knacki verlieren, wäre das noch schlimm ...« Sie räusperte sich. »Komm lieber mit.«

Kalle zuckte zusammen. Da war es wieder! Eine dieser merkwürdigen Bemerkungen zu Ben. Warum machten sie sich um ihn nie solche Sorgen? »Irgendetwas verheimlichen die uns doch«, murmelte er in sich hinein. Eilig verließen die vier die Halle. Das Haus, das sie für das Bürogebäude hielten, war

abgeschlossen. Ein Laserstrahl aus Maddox'
iBELT schmolz das Schloss. Die Tür sprang
auf.

Drinnen wurden sie schnell fündig. Wie alle
Erfinder, die sie bisher kennengelernt hatten,
war Alfred Nobel ein äußerst korrekter Mann.
Alle seine Gedanken und Ideen waren säuber-
lich abgeheftet. Dazu hunderte von Büchern
in deckenhohen Regalen.

»Puh, das kann Jahre dauern, bis wir das
alles kopiert haben«, stöhnte Kalle.

»Negativ«, widersprach Maddox. »Wir
kopieren nicht mehr Blatt für Blatt, wie ihr.«
Er polierte die kleine Linse an seinem Gürtel.
Dann drehte er sich langsam im Kreis.
»729.879 Seiten kopiert«, meldete der iBELT.

»Fertig, ab ins nächste Zimmer«, sagte
Maddox grinsend zu den staunenden Kalle
und Ben.

Doch dazu kam es nicht mehr. Ein gewaltiger Knall zerschnitt die Stille. Eine enorme Druckwelle warf die vier Gefährten zu Boden. Drei Sekunden passierte nichts. Dann zerplatzte die Mauer des Hauses. Stahlbert wurde im hohen Bogen hereingeschleudert. In Einzelteilen blieb er auf dem Boden liegen. Regungslos. Die Nanobots versuchten sich wieder in die ursprüngliche Form zusammenzusetzen. Aber zu viele von ihnen waren zerfetzt worden.

Probleme

Maddox und Raketa checkten das explodierte Gebäude. Aber wie nicht anders zu erwarten, war Nobel verschwunden. Die Zeit drängte, sonst war dies der letzte Einsatz der beiden als Zeitgleiter.

Rasend schnell sammelten die vier Kids Stahlberts Einzelteile zusammen und legten sie vorsichtig auf den Boden des Zeitgleiters. Ben biss sich vor Sorge auf die Lippen. Die einzelnen Teile funktionierten noch. Aber die Nanobots fanden nicht mehr zusammen. Der Kopf stöhnte, seine Beine zuckten. Während Raketa schon das nächste Ziel ansteuerte, versuchte Maddox, den Androiden zusam-

menzuflicken. Er tauschte zerstörte Nanobots aus. Andere bearbeitete er mit Laser-
strahlen. Bald schon begannen die
intelligenten Miniroboter, sich gegenseitig zu
reparieren. Nach drei Minuten setzten sie den
Humanoiden wieder zusammen.

Ächzend richtete sich Stahlbert auf.

»Was-ist-passiert?«, fragte der Roboter
durcheinander.

»Die halbe Fabrik ist in die Luft geflogen«,
erklärte Ben. »Und Alfred Nobel ist weg.
Knacki hat nun schon drei Genies entführt.«

»Stahlbert ist untröstlich«, jammerte
der Roboter los.

»Wie konnte das denn
nur passieren?«, fragte
Raketa streng.

Stahlbert pieps-
te kleinlaut.

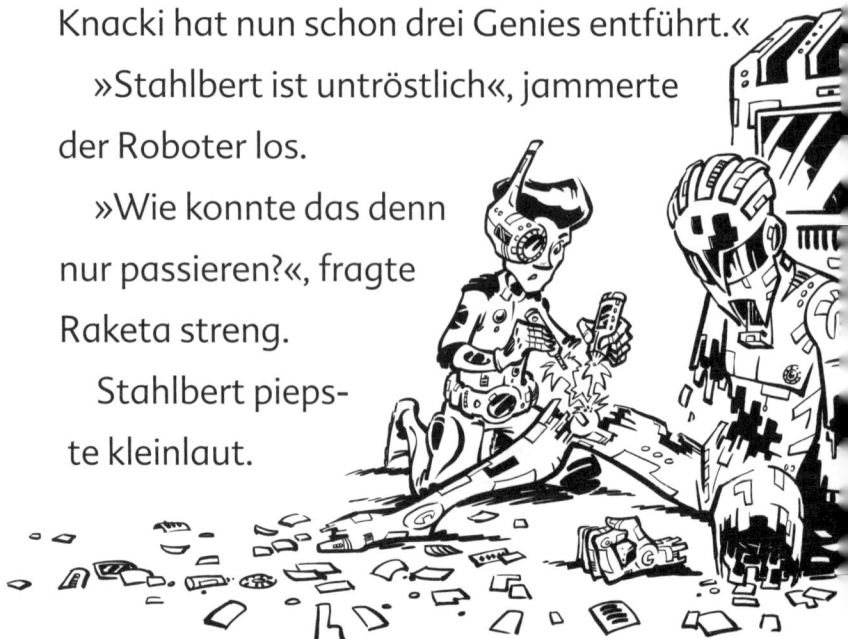

»Der Krake kam von oben. Erst muss er Nobel hochgezogen haben. Dann warf er das hier auf die Kiste.« Der Roboter öffnete seine Faust. Darin lag ein dicker Kiesel. Maddox stutzte. »Wie kommst du an den? Der muss doch bei der Explosion bis zum Mond geflogen sein.«

Stahlberts Augen blitzten auf. »Negativ. Stahlbert hat ihn gefangen, bevor er den Sprengstoff berührte.«

Raketa drehte sich um. »Wieso ist das Zeug denn dann explodiert?«

Der Roboter senkte den Kopf. »Beim Fangen bin ich rückwärts auf die Kiste gefallen ...«

Maddox holte tief Luft. »Oh, Mann!«, stöhnte er und stieß die Luft laut wieder aus. Plötzlich sprang der angebliche Stein auf. In Riesenlettern wurde eine Nachricht auto-

matisch an die Wand des Zeitgleiters proji-
ziert:

ICH BIN EUCH IMMER EINEN SCHRITT
VORAUS, IHR LUSCHIS!

Knacki Kolumbus

Auswirkungen

»Er verhöhnt uns!«, grummelte Kalle, als die Nachricht verschwunden war. »Der soll sich warm anziehen!«

Weiter kam er nicht mit seinen Verwünschungen. Der Zeitgleiter machte einen Riesensprung. Kalle und Ben wurden gegeneinandergeschleudert. Maddox segelte quer durch das Raumschiff und knallte mit dem Helm gegen das Energiezentrum. »Was machst du denn!«, schimpfte er.

Raketa sah ihn bleich an. »Die Instrumente spielen verrückt«, sagte sie. »Antriebsdüse ausgefallen. Und auch die Energiereserve fällt schlagartig.«

Ben klammerte sich an seinen Sessel. »Hat Knacki vielleicht heimlich am Zeitgleiter rum-gefummelt?«

Einen Moment war es still. »Nein«, antwortete Maddox düster. »Ich habe schon geahnt, dass das passieren würde. Etwa 2000 Erfindungen wurden nicht gemacht, weil Knacki die drei Genies entführt und all deren Aufzeichnungen zerstört hat. Das hat die Welt der Zukunft extrem verändert. Kein Auto, keine Glühbirnen, kein Sprengstoff. Alles Grundlagen für den Zeitgleiter. Deshalb fällt unser Schiff langsam auseinander.«

Raketa sah Maddox bewundernd an. »Superfluxisch kombiniert, Erster Mechaniker. Wir brauchen Hilfe. So schnell wie möglich! Ein genialer Kopf muss die Mühle reparieren.«

Wie zum Beweis gingen plötzlich alle Lichter aus. Das Raumschiff raste kopfüber auf eine Stadt zu. »Die Energiezentrale hat sich soeben abgemeldet«, stammelte Raketa.

Maddox blickte unter die Glashaube und schüttelte den Kopf. »Negativ. Sie hat sich nicht abgemeldet. Sie ist verschwunden! Alle Leuchtdioden ebenfalls.«

Beinahe aller Kräfte beraubt, trudelte der Zeitgleiter durch die Zeitzonen. Kalle suchte im Dunkeln nach Bens Hand. Sein ängstlicher Freund brauchte nun dringend Beistand. Und wenn Kalle ehrlich war: Er selbst auch. »Alles wird gut. Maddox ist ein toller Mechaniker«, flüsterte er.

Stahlberts Stimme klang schlapp. »Ich fühle mich so kraftlos.« Ben machte sich große Sorgen um ihn. Lange würde Stahlbert sicher nicht mehr funktionieren, wenn alle modernen Erfindungen verschwanden.

Maddox versuchte Ruhe zu bewahren.

»Glück im Unglück. Wir sind bereits in der Renaissance eingetroffen. Bei Genie Nummer Vier. Florenz, Italien, im Jahr 1505. Leonardo da Vinci, Maler, Bildhauer, Architekt, Anatom, Mechaniker und Ingenieur. Ein Universalgenie. Kurz: Wenn er uns nicht helfen kann, können wir uns dort schon mal nach einer Wohnung umsehen.«

»Festhalten!«, kommandierte Raketa. »Gleich wird's ungemütlich. Die Not-Landeschirme zünden!«

Links und rechts vom Zeitgleiter blähten sich Fallschirme auf, die an dem modernen Gefährt seltsam altmodisch wirkten. Rumpelnd knallte der Zeitgleiter aufs Pflaster. Kalle und Ben hingen schwer benommen in den Sesseln.

»Leute«, stammelte Kalle, als er sich endlich aufgerappelt hatte. »Seht mal nach draußen!«

Sie standen auf dem Vorplatz einer riesigen Kirche. Hunderte Menschen blickten das Raumschiff mit offenen Mündern an.

Das Atelier des Meisters

Zischend und klappernd öffnete sich die Tür. »Stahlbert, flexe in die Gestalt einer Taube.« Doch nichts passierte. »Verdammt«, fluchte die Pilotin. »Ich hab's schon befürchtet. Auch Stahlbert ist nicht mehr voll funktionsfähig. Bleib hier drin.«

Maddox sprang die Stufen nach unten und tat, was er tun musste. Sein iBELT konnte ganze Tage aus den Gehirnen von Menschen ausradieren. Aber das kostete viel Energie — und manchmal ging etwas schief. Jetzt aber musste es sein. Ein pinkfarbenes Lichtfeld breitete sich auf dem Platz aus. »Erinnerung

gelöscht«, gab sein Gürtel Signal. »Energiereserve schwach!«

Als sie auf den Platz sprangen, sah keiner
der Florentiner zu ihnen. »Ob das Tarnen noch
klappt?«, fragte sich Maddox. Es machte
Plopp — und der Zeitgleiter hatte sich in eine
Kutsche verwandelt. Wenn auch wesentlich
langsamer als vorhin. Zwei Schimmel zerrten
ungeduldig an ihren Zügeln. Ihre Kleider jedoch passten sich nicht mehr an. Noch in
Weltraumanzügen stiegen sie rasch ein. Sie
duckten sich tief hinunter, damit sie nicht
gar so auffielen. Stahlbert lag ausgestreckt
im Fußraum. »Auf zu da Vinci«, schmetterte
Maddox und schwang sich auf den Kutsch-
bock. Er hüllte sich in eine alte Decke ein.
Dann rasten sie im vollen Galopp durch die
schmalen Gassen von Florenz. Vor einem
Palast griff Raketa Maddox in die Zügel.

Sofort stoppten die Pferde. Raketa wollte noch einmal die Koordinaten auf ihrem Armband checken. Doch die Ziffern waren verblasst. »Da wären wir!«

Kalle guckte ungläubig. »Du musst dich irren. Das soll ein Maleratelier sein? Hier wohnen wohl eher Fürsten!« Maddox sprang vom Bock und pochte mit der Faust gegen das hohe Tor. »Eben eines Meisters würdig. Da Vinci wurde schon damals — also heute, 1505, — als Genie bewundert!«

Als sich eine Weile nichts tat, wollte Maddox das Schloss aufschmelzen. Doch sein iBELT piepste nur schwach. »Mist!«, fluchte der Co-Pilot. »Wieder eine Funktion weniger. Wird Zeit, dass wir den Kerl kriegen. — Was machen wir denn jetzt?«

Kalle probierte die Klinke aus. »Manchmal braucht man gar keine moderne Technik«, antwortete er grinsend. »Es ist offen!«

Raketa und Ben drückten die beiden Flügel des Tores auf. Dahinter befand sich ein schattiger Innenhof. Maddox überlegte nicht lange und führte die Pferde hinein. »Hier ist unser Zeitgleiter vor neugierigen Blicken geschützt, wenn er sich zurückverwandelt.«

Durch ein hohes, geöffnetes Fenster drangen hämmernde Geräusche nach draußen. Der Erfinder schien zu Hause zu sein.

Nummer 4:
Leonardo da Vinci

Die vier Gefährten liefen in den riesigen Saal, aus dem das Klopfen gekommen war. Überall standen Tische mit Papierrollen darauf, Staffeleien mit halb fertigen Bildern, eine kleine Sammlung von Holzmodellen.

»Stark!«, murmelte Ben. »So ein Atelier hätte ich auch gerne. Da wäre endlich genug Platz für unsere Modellflugzeuge!«

Dann entdeckten sie den Meister. Mit dem Rücken zu ihnen stand der alte Mann in einem weißen Gewand und Ledersandalen da. Seine grauen Haare hingen hinten über den Kragen, oben war sein Kopf kahl. Ohne die

Besucher zu bemerken, meißelte er an einem Marmorblock herum.

»Entschuldigung!«, hüstelte Kalle. Leonardo da Vinci reagierte nicht. Er seufzte nur laut und kratzte sich mit einem Stift die Glatze.

»Ich hab's!«, jubelte er plötzlich. Da Vinci klemmte sich den Griffel hinters Ohr und eilte zu einem der Tische. Er rollte eine Zeichnung aus und kritzelte hastig darauf herum. Ben konnte nicht anders. Er musste sehen, was das Genie da entwarf. Leise ging er näher.

»Das ist ja ein Hubschrauber!«, rief Ben begeistert. Sofort hielt er sich den Mund zu.

Da Vinci fuhr herum. »Was tut ihr hier?«, schimpfte er. Der Linguaflexer übersetzte also noch. »Wie kommt ihr hier herein?« Eilig warf er ein leeres Blatt über seine Zeichnung.

»Wir haben keine Zeit zu verlieren«, flüsterte Raketa. »Frag ihn direkt um Hilfe.«

»Entschuldigen Sie, großer Meister!«, bat Maddox da Vinci. »Wir kommen aus der Zukunft und haben ein technisches Problem. Unser Zeitgleiter ist kaputt. Niemandem sonst trauen wir zu, ihn zu reparieren.«

Raketa trat neben ihren Co-Piloten. Sie lächelte zum Steine schmelzen. »Sie sind auch in 500 Jahren noch für Ihre Geistesblitze berühmt.«

Maddox nickte. »Und sicherlich der einzige Mensch in der Renaissance, der sich überhaupt so etwas wie eine Zeitreise vorstellen kann.«

Da Vinci runzelte die Stirn. »Wer wenig denkt, irrt viel. — Ihr seid also aus der Zukunft, ja?«, fragte er. Alle vier nickten. »Und da kennt man meine Lebensgeschichte?«

Raketa schloss kurz die Augen, dann leierte sie die Daten herunter: »Name: Leonardo di ser Piero. Geboren 1452 in Vinci, daher die Bezeichnung da Vinci — aus Vinci. Gestorben 15...« — »Das genügt!«, unterbrach der Meister sie hastig. »Aber überzeugt hat mich das nicht. Was werde ich denn in den kommenden Jahren so erfinden?«

Maddox schnaufte kurz durch. »Da wäre zum Beispiel das Zahnradgetriebe, ein Panzerfahrzeug, die Flugspirale und, und, und. Außerdem weiß ich, dass sich vor wenigen Wochen Ihr Mitarbeiter bei Flugstudien ein Bein gebrochen hat.«

Der Meister nickte anerkennend. »Erstaunlich, an vielen Dingen arbeite ich tatsächlich gerade. Was wird denn mein berühmtestes Werk sein?«

»Die Mona Lisa!«, antworteten Kalle, Maddox, Raketa und Ben wie aus einem Munde. Da Vinci runzelte wieder die Stirn. »Nie gehört. Seid ihr sicher, dass das von mir ist und nicht von Michelangelo?« Ben nickte heftig. »Klar, das hängt im Louvre, in Paris. Ein ganz tolles Frauenbild!«

»Hmmm«, brummte Leonardo. »Ich habe gerade mit dem Gemälde einer Dame begonnen. Da hinten steht es auf der Staffelei.« Er wandte sich an Raketa. »Könntest du mir dafür Modell sitzen? Dein Lächeln gefällt mir außerordentlich gut. Nur die Haarfarbe muss ich eventuell ändern. Blau ist bei uns etwas ungewöhnlich.«

So geschmeichelt lächelte Raketa noch breiter als vorher. »Das wäre eine große Ehre …!« Raketa wollte sich schon auf den gepolsterten Sessel setzen.

»Bei der hat wohl das Gehirn ausgesetzt«, protestierte Kalle. »Wir müssen hier weg!«

Ben sprang ihnen in den Weg. »Das macht

sie dann als Belohnung, großer Meister. Nachdem Sie sich unseren Zeitgleiter angesehen haben. Bitte!«

Da Vinci sah kurz zwischen Ben, Kalle, Maddox und Raketa hin und her. Dann nickte er. »Na, dann zeigt mir mal eure Wundermaschine«, sagte er lachend.

Denkfehler

Wie erwartet, hatte sich die Kutsche zurückverwandelt. Der Zeitgleiter stand im Hof. Oder besser, das was von ihm übrig war. Die Lampen fehlten. Die Glaskuppel war matt. Die Energiewaben blinkten müde auf.

Raketa kniff die Augen zusammen. »Ich gebe ihm vielleicht noch zwei Stunden. Dann hat er sich ganz in Luft aufgelöst. Maddox, Meister da Vinci, bis dahin müssen Sie eine Lösung gefunden haben ...«

Die beiden Techniker zogen sich zur Beratung zurück. Maddox fasste für da Vinci die Erfindungen der kommenden 650 Jahre zusammen. Mit letzter Kraft warf sein iBELT die

kopierten Notizen von Alfred Nobel über Nitroglyzerin an die Hauswand. Da Vinci nickte, grübelte, zeichnete.

»Wir sichern das Gebäude«, kommandierte Raketa. »Kalle und Ben, ihr seht euch im Atelier um. Ich gehe auf die Straße.«

Ben war mehr als unwohl. Wenn da Vinci jetzt entführt würde, müssten sie hierbleiben.

Es war wohl wirklich besser, wenn der Swarm-Bot sie begleitete.

»Stahlbert?« Ben betrat den Zeitgleiter. Der Android lag ausgestreckt auf dem Boden. Er stöhnte wie ein Kind im Fieber. Und schien langsam irgendwie ... weniger zu werden. Ein Arm fehlte schon komplett.

»Raketa, komm schnell!«, brüllte Ben. Er spürte Tränen in sich aufsteigen. Eigentlich war Stahlbert ja nur eine Maschine. Aber ihm war der Android ans Herz gewachsen.

Da spürte Ben Raketas Hand auf seiner Schulter. »Wir können hier nichts für ihn tun«, sagte sie leise. »Wenn wir die Weltgeschichte wieder in Ordnung bringen, wird er wieder topfit sein. Komm!«

Ben riss sich zusammen und ging zu Kalle. Gemeinsam stöberten sie in dem riesigen Saal herum. Hier gab es so viel zu entdecken, dass Ben sogar ein wenig seinen Kummer vergaß. »Unglaublich, wie viele Sachen da Vinci gesammelt hat.«

Kalle betastete das Holzmodell einer Ente. »Und alles hat ihn auf irgendeine Idee gebracht. Er beobachtet Enten und schon hat er die Idee zu einem Flugapparat.«

Ben nahm sich ein Buch und blätterte darin herum. »Wie die Sache mit dem Eierkochen und der Dampfmaschine. So ticken Genies.«

Auch Kalle zog einen schweren Wälzer aus dem Regal. »Außerdem haben alle Genies anscheinend zwei Lebensregeln: Keine Idee ist zu verrückt ...«

Ben nickte. »Und zweitens: Gib einfach nie, nie, niemals auf!«

Kalle starrte das Buch in seinen Händen an.
Dann rannte er zu Ben und sah in das Buch.
»Wir Idioten!«, stöhnte er und eilte in den Hof.
Draußen waren da Vinci und Maddox gerade
dabei, ein paar Flüssigkeiten zu mischen. »Mit
diesem Nitroglyzerin könnte der Antrieb funktionieren«, murmelte da Vinci.

Vor Aufregung keuchend hielt Kalle dem
Meister das Buch direkt unter die Nase. »Alle
Ihre Bücher sind von Hand geschrieben. Ha-
ben Sie keine gedruckten?«

Da Vinci runzelte die Stirn. »Bücher dru-
cken? So was geht nicht — aber eigentlich
keine schlechte Idee.«

Kalle hockte sich auf einen Marmorblock.
»Raketa!«, rief er. »Wir haben einen riesigen
Denkfehler gemacht.«

Sogleich kam die Pilotin angerannt.

»Wir sind immer davon ausgegangen, dass

Knacki die Reihenfolge einhält, mit der er die Genies aufgezählt hat, als wir ihn belauscht haben«, erklärte Kalle. »Aber das hat er nicht getan. Mit Nobel ist er direkt nach Mainz und hat Johannes Gutenberg entführt. Der Buchdruck ist noch nicht erfunden, sagt da Vinci.«

Raketa wurde kreidebleich. »Dabei müsste das 50 Jahre her sein, 1455 wurde erstmals gedruckt ...« Erschöpft ließ sich die Pilotin neben Kalle auf den Stein plumpsen. »Und wir haben nicht die leiseste Ahnung, in welcher Zeit sich Knacki mit den Erfindern versteckt. Das ist das Ende der Mission *Fünf Genies*. Knacki ist uns Luschis wirklich immer einen Schritt voraus. Er hat gewonnen.«

Letzte Hoffnung

Ben schnaufte tief durch. War wirklich alles aus? Er biss die Zähne zusammen. Es musste eine Lösung geben. »Mach es wie die Genies«, murmelte er sich Mut zu. »Keine Idee ist zu verrückt. Und: Gib nie, nie, nie auf ...« Plötzlich klatschte er begeistert in die Hände.

»Ich weiß, wo er ist!«, verkündete Ben freudestrahlend. »Da, wo ihn niemand vermutet. In unserer Zeit, bei mir zu Hause. Denn dahin könnten wir niemals zurückkehren, bevor wir ihn gefunden haben.«

Raketa sah Ben lange an. »Möglich ...« Sie sprang auf. »Wie weit seid ihr?«

Maddox trug gerade eine riesige Flasche

mit Sprengstoff in den Zeitgleiter. Da Vinci hatte das Energiezentrum durch einen Metallkanister ersetzt. Vorsichtig kippte der Erste Mechaniker die Flüssigkeit hinein.

»Abflug in einer Minute«, forderte die Pilotin. »Zum Elternhaus von Ben.«

Eilig schnallten sich alle an. Da Vinci nahm auf dem Notsitz Platz. Maddox zählte den Countdown herunter: »Drei, zwei, eins!« Bei eins schlug da Vinci mit seinem Bildhauerhammer auf die Zündung. Sofort explodierte der Sprengstoff. Der Druck des Gases jagte den Zeitgleiter durch den Hof. Raketa zerrte an einem

Antriebshebel, den der Meister eingebaut hatte. Knackend rastete er ein. Kurz vor der Hauswand erhob sich das Raumschiff. Mit halber Geschwindigkeit wie sonst raste es ins All. Flog einen Bogen und durchbrach das Raum-Zeit-Kontinuum. »Landung im 21. Jahrhundert in geschätzten drei Minuten«, meldete Maddox anstelle des verschwundenen Bordcomputers matt. »Könnte aber auch drei Stunden dauern, wer weiß.«

»Reicht die Energie noch so lange, Meister?«, erkundigte sich Maddox.

Da Vinci kraulte seinen Bart. »Man wird sehen ...«, antwortete er. Dann blickte er wieder kopfschüttelnd in den Weltraum.

43 Sekunden später polterte der Zeitgleiter schließlich über eine Lichtung im Wald. Lehm spritzte von allen Seiten an die Meteoritenschutzscheibe.

Ben und Kalle schnallten sich ab. »Bekommen Sie bitte keine Angst, Meister, wie modern hier alles ist«, warnte Kalle vor. »Wir haben Maschinen, von denen Ihr noch nicht einmal träumt.«

Als die Rampe allerdings ausgefahren war, war es Kalle, der einen Schreck bekam. Vor ihnen lag ihre Stadt. Nur ganz anders, als sie sie verlassen hatten: weit und breit nichts als Wälder, Felder und Bauernhöfe.

Fünf Genies

»Das gibt's doch nicht!« Ben stand auf einem Kornfeld und drehte sich im Kreis. »Wir müssen uns verflogen haben!«

Raketa zwirbelte eine ihrer blauen Locken. »Negativ«, sagte sie, aber es klang unsicher. »Diese Koordinaten sind von unseren letzten Besuchen bei dir noch im Zeitgleiter gespeichert. Eigentlich müsste ...«

Maddox nickte. »Hier wohnt ihr. Aber durch all die Erfindungen, die nicht gemacht wurden, hat sich alles ein bisschen verändert.«

Kalle lachte wie irre. »Ein bisschen, sagst du? Das ist ja wie in der Steinzeit! Achtung, da kommen Leute.«

Ein altes Bauernpaar stapfte über den Pfad an der Gruppe vorbei. Der Mann trug eine Sense über der Schulter. Die Frau führte einen dürren Ochsen. »Guten Tag!«, grüßten sie und schauten verblüfft.

»Ich fasse es nicht«, stöhnte Ben, als sie sich entfernt hatten. »Das sind meine Eltern! Warum sehen die denn so alt aus?«

»Harte Arbeit«, meinte Maddox. »Keine Maschinen, kein Auto, kein Buch, und auch keine Mona Lisa. Eine Erfindung ermöglicht immer die nächsten. Wenn der Buchdruck nicht erfunden

wird, gibt es nicht bloß eine Erfindung weniger. Sondern vielleicht fünftausend. Und dadurch wieder zwei Millionen weniger. Und dadurch ...«

Ben winkte ab. »Ich sehe es selbst.« Er zeigte auf eine winzige Bretterbude. »Wohne ich etwa da?«

Raketa nickte. Mit gesenktem Kopf schlich Ben auf die Hütte zu. »Stopp!«, warnte Kalle. »Da im Stall ist etwas Rosafarbenes!«

Maddox rannte an ihnen vorbei. »Drei Prozent Energie habe ich noch!«, rief er. Ohne anzuklopfen riss er die Stalltür auf. Er ließ die Hände vom iBELT sinken. »Das ... Das gibt's doch nicht ...«

Sofort drängelten sich Ben, Kalle, Raketa und Leonardo da Vinci um ihn. In dem Stall hockten Gottlieb Daimler, Thomas Alva Edison, Alfred Nobel und Johannes Gutenberg.

Die vier schienen sich prächtig zu amüsieren. Sie redeten Lateinisch und Englisch oder mit Händen und Füßen. Thema waren — wie konnte es auch anders sein — ihre Erfindungen. Neben ihnen im Stroh lagen die Einzelteile eines rosafarbenen Kraken. Von Knacki fehlte jedoch jede Spur.

»Ah, Meister da Vinci«, grüßte Edison fröhlich. »Sie haben uns in dieser illustren Runde noch gefehlt.«

Gutenberg lachte. »Ich verurteile diese Entführung aufs Schärfste. Aber ohne diese merkwürdigen Maschinen hätte ich meine werten Kollegen nie kennengelernt.«

Gottlieb Daimler legte dem Buchdrucker die Hand auf die Schulter. »Da sind Sie uns gegenüber im Nachteil. Sie sind der Älteste. Ich hingegen kenne Sie alle zumindest aus diversen Büchern.«

Ben wurde das alles zu viel. Er setzte sich auf einen Strohballen. »Wo ist denn der Mann, der Sie alle hierhergebracht hat?«

»Weggelaufen«, berichtete Alfred Nobel lachend. »Seine Flugmaschine funktionierte plötzlich nicht mehr. Er wollte uns zwingen, ihm zu helfen. Aber dann fielen auch seine rosafarbenen Gehilfen auseinander! Da haben wir lieber ein bisschen diskutiert.«

Raketa lachte laut und schallend auf. »Da hat sich Knacki also mit seinen eigenen Tricks geschlagen. Eine Erfindung ergibt die andere — auch bei seiner Technik. Das hat der Verbrecher nicht bedacht!« Sie wurde wieder ernst. »Aber er hat sicher einen Notfallplan in der Tasche. Mit dem ganzen geraubten Geld hat er es garantiert längst in ein neues Versteck geschafft.«

Alte Ordnung

Zu gerne hätten sich die fünf Genies noch weiter über ihre Wissensgebiete ausgetauscht. Aber Raketa überredete sie am Ende dann doch, in ihre Zeit zurückzukehren. Mit da Vincis Antrieb brachte der Zeitgleiter sie in umgekehrter Reihenfolge wieder zurück: Gutenberg, da Vinci, Nobel, Edison, Daimler.

Von Landung zu Landung wirkte der Zeitgleiter fahrtüchtiger. Als endlich auch Daimler in Stuttgart abgesetzt worden war, leuchtete das Raumschiff in alter Frische. Das Energiezentrum strotzte vor Kraft. Maddox lud den iBELT auf und Stahlbert sang den ganzen Rückflug über. Ben hielt seine Hand.

»Hast du eigentlich die Erinnerung von allen gelöscht, Co-Pilot?«, wollte Raketa plötzlich wissen.

Maddox wurde rot. »Ich glaube schon. Bei da Vinci bin ich mir nicht ganz sicher.«

Zu aller Überraschung lächelte die Pilotin. »Das macht nichts. Er sticht sowieso aus allen Genies heraus. Ein paar verrückte Ideen mehr oder weniger fallen bei ihm erst gar nicht auf.«

Als sie wieder Anflug auf das 21. Jahrhundert nahmen, atmete Ben auf. Unter ihnen schimmerten die Lichter einer Großstadt. »So gefährlich es war, das Abenteuer hat auch eine Menge Spaß gemacht.«

Kalle nickte. »Was heißt hier Spaß? Wir waren großartig. Knacki hat nicht mal kämpfen wollen, der ist vor uns geflohen!«

Alle vier lachten. Sogar Stahlbert.

Sanft wie zu Beginn der Reise landete der Zeitgleiter auf der Fußballwiese. Ben sah nach draußen. »Puh, keine Bretterbude. Ein normales Haus. Alles ist wieder in Ordnung.«

Maddox und Raketa sahen sich an. »Tja ...«, begann Raketa.

Maddox flüsterte etwas, das nur Raketa hören konnte. Die Pilotin nickte stumm. »Wir müssen euch noch etwas sagen«, begann Maddox zögernd. »Die Jagd auf Knacki Kolumbus ist noch nicht vorbei. Der Erzbösewicht hat noch viel Schlimmeres vor. Und das hat auch mit euch zu tun ...«

Kalle horchte auf. Verrieten sie nun endlich, warum Ben für die beiden so wichtig war?

»Wie bitte? Mit uns? Was denn?«, rief Ben erschrocken.

Aber Maddox schüttelte ernst den Kopf. »Das können wir euch hier nicht verraten.

Nicht abhörsicher, ihr versteht. Dafür müsst ihr uns bald in
der Zukunft besuchen.«

Raketa reichte Kalle und Ben die
Hand. »Positiv. Das wird eure
nächste Reise sein.«

Beeindruckt stiegen Ben und Kalle aus.
Da standen sie nun wieder auf der Wiese und
starrten in den Himmel. Wie zu Beginn der
Reise. Der Zeitgleiter verschwand langsam
im Weltraum. Aber bald schon würden sie mit
Maddox und Raketa in ein neues
Abenteuer aufbrechen. Diesmal sogar in die Zukunft!
Ben atmete tief aus
und lächelte. »Weißt
du was, Kalle? Wir
sind die größten Glücks-
pilze auf der Erde.«

Der KOSMOS-
FAKTENCHECK

Was bedeutet „Genie"?

Das Wort stammt aus dem Lateinischen.
Genius bedeutet so viel wie „Schöpfergeist".
Ein Genie ist ein Mensch mit einer außerge-
wöhnlichen geistigen Begabung. Seine Erfin-
dungen und Erkenntnisse sind wichtig für die
Entwicklung einer Gesellschaft.

Was ist der Nobelpreis?

Ein Preis für außergewöhnliche Forschungs-
leistungen in den Gebieten Physik, Chemie,
Medizin, Literatur und für besondere Bemü-
hungen um den Frieden in der Welt. Er wurde
von Alfred Nobel gestiftet und wird seit 1901
jedes Jahr vergeben.

Was ist ein Patent?

Ein Schutzrecht für eine neue Erfindung. Ein Patent muss beim Patentamt angemeldet werden. Es verbietet anderen die Benutzung der neuen Erfindung für eine Dauer von 20 Jahren. In dieser Zeit darf nur der Erfinder seine Erfindung verkaufen.

Warum ist Leonardo da Vinci so berühmt?

Da Vinci war ein Gelehrter, der sich in vielen verschiedenen Wissenschaften auskannte. Er war nicht nur ein genialer Ingenieur, sondern auch ein begabter Maler, Bildhauer und Architekt. Heutzutage sind die meisten Wissenschaftler nur in einem Fach spezialisiert.

Was hat Johannes Gutenberg erfunden?

Gutenberg erfand 1455 ein Druckverfahren mit einzelnen Buchstabenstempeln (sogenannte Lettern), die aus Metall gegossen wurden und sich immer wieder neu kombinieren ließen. Durch diese Erfindung mussten Bücher nicht mehr von Hand abgeschrieben werden, sondern sie konnten schnell und in großen Mengen gedruckt werden. Heute ist unser Wissen nicht nur in Büchern, sondern auch digital im Internet gespeichert.

Warum gibt es so wenig berühmte Forscherinnen?

Jahrhundertelang durften Frauen nicht studieren. Für sie war es daher sehr schwierig, wissenschaftlich zu forschen. Eine Ausnahme war Marie Curie. Sie entdeckte zusammen mit ihrem Mann die Radioaktivität und erhielt zweimal den Nobelpreis. Heute arbeiten Frauen und Männer gemeinsam an großen Forschungsprojekten.

Gibt es Androiden wie Stahlbert?

Ja. Ein Androide ist ein Roboter mit menschen-ähnlicher Gestalt. Bereits da Vinci zeichnete 1495 einen Maschinenmenschen. Heute können Androiden bereits Fußball spielen, Rad fahren, schwimmen, zeichnen und Essen servieren. In japanischen Schulen arbeiten Roboter sogar schon versuchsweise als Lehrer.

Welche Erfindung wird es in der Zukunft geben?

Erfinder vom Deutschen Forschungszentrum für künstliche Intelligenz entwickeln seit mehreren Jahren das „Auto der Zukunft". Es soll seine Größe verändern und mit anderen Autos Kontakt aufnehmen können. Es bräuchte auch keinen Fahrer mehr, weil es sich selbst steuern könnte.

Leseprobe: Band 4

THiLO
Vier durch die Zeit.
Geheimnis im All. 7,99 €
ISBN 978-3-440-13218-0

Ben war wie vom Donner gerührt. »Wir sollen da raus? In den Asteroidenhagel?«

Maddox nickte. »Das ist der einzige Weg, hier lebend wegzukommen.«

Kalle räusperte sich. »Nicht, dass ich Angst hätte oder so. Aber warum macht das nicht Stahlbert?«

Maddox schüttelte den Kopf. »Negativ. Die Saugkraft des Saturn ist zu groß. Sie würde die Nanobots auseinanderreißen und Stahlbert Stück für Stück ansaugen. Wir müssen es selbst machen.«

»Beeilt euch!«, brüllte Raketa. »Wir brauchen mehr Saft!«

»Halte das Schiff so ruhig wie möglich!«, rief Maddox zurück. »Wir gehen jetzt raus. — Alles superflux?«

Kalle hob den Daumen. »Alles superflux. Wenn man davon absieht, dass wir gleich von Asteroiden durchlöchert werden ...« Ben sagte nichts. Sein Herz schlug zu heftig und seine Beine zitterten vor Angst ...

Zuhause bleiben war gestern!

Komm mit auf spannende Zeitreisen mit Ben, Kalle und ihren beiden Freunden aus der Zukunft, Raketa und Maddox! Erlebe aufregende Abenteuer quer durch vergangene und künftige Jahrhunderte und sammle Sachwissen zu den unterschiedlichsten Themen.
So wird Lesen zum Erlebnis – Suchtgefahr nicht ausgeschlossen!

je 128 Seiten, €/D 7,99

THiLO
Kampf der Dinosaurier

THiLO
Rache der Piraten

THiLO
Erfinder in Gefahr

THiLO
Geheimnis im All